大井清文川柳句集

朴念酔い桜

推薦の言葉

昭和二十八年八月二十六日が清文さんの誕生日で、私が昭和十八年八月二十六日。日本酒が好きで、シビアに職場を詠むところまでは同じで、女を詠むことだけが私と違っている。そんな清文さんが句集を出されることになった。遅いくらいであるが嬉しい話だ。

清文さんは、ＮＨＫ学園川柳講座で私が添削指導をしたのが縁で『やしの実』の仲間入りをし、平成八年に、「ワインなど飲めぬ野武士の塩と酒」ほかでデビューした。

持ち前のセンスと若さでメキメキ上達し、平成十年の第十七回やしの実川柳大賞を、

　　始末書のペンが文学的になる

で受賞され来豊。私の家で大いに飲み、語り合ったことは今でも忘れられない思い出だ。

　　極めると美学を語り出す地酒

清文さんは地元が大好きな人なので、お酒も地元のものに拘っているように思う。新年にはブレることなく富山の「銀盤」が届く。

　　居酒屋に通い文化を身に付ける

　　居酒屋の置き物と化す一人酒

居酒屋に通っているのは現役の証。ただ、若い頃と退職を意識し始める頃との違いが、このような形になって現れて興味深い。

部下の数増えて朝礼好きになる

竹槍でミサイル突けと言う訓示

誰が腹切るか会議は進まない

管理職になってのやり甲斐と、管理職ゆえの苦悩が吐露されている。製造業は大変だ。

時間との勝負仕事も密会も

だいぶ成長して男と女の句ものにした。

豊橋周辺におれば、私の後継者最右翼の清文さんだが、地元に『やしの実』の正調川柳、ドラマチック川柳を、さらに広めてほしい。

やしの実川柳社会長　　鈴木如仙

平成二十七年十一月　野武士庵にて

目次

第一章

野武士の弟子

一九九七～二〇〇四

ワインなど飲めぬ野武士の塩と酒

春の雨野武士は好きな酒と居る

淋しくて殿は策略ばかり練る

堅実な羊は柵を飛び越えぬ

始末書のペンが文学的になる

油絵の裸婦に感性磨かれる

二次会で突然妻に会釈され

八起き目で成功法の無駄を知る

台風の夜は静かに酒と居る

八起き目で正攻法の無駄を知る

大井　清文〔10月号より〕
画・牧野　圭一

本線と別れて喋り出す支線

語られてワインは少し自惚れる

プラネタリウム仰いで親は寝てしまい

ユニフォーム着ると妻とは思えない

ブラックの味を失恋から覚え

極めると美学を語り出す地酒

ときめきは帰らぬフォークダンスの輪

密会の場所かもしれぬ美術館

オバサンが真似て下火となる流行り

廃校の美学を語る金次郎

クラシック聞いて演歌の中に生き

新緑の森へラムネを汲みに行く

木漏れ日の下でリッチな文庫本

逃げ水を追いかけていた青春記

水芭蕉咲いて清楚になる不倫

絵手紙へ妻の返事が素っ気ない

背伸びして妻は悪女になりたがる

口下手の酔いは忘れた頃に来る

煮え切らぬ性で女も寿司も逃げ

オバサンのリュック買い出しかと思い

犯人が通行人の顔で来る

おばさんのリュック買い出しかと思い　　大井　清文〔９月号より〕
画・牧野　圭一

横文字に変えて改革したつもり

稲穂打つ風はビールに甦る

木犀の不倫の夢を見る香り

ドアロックされて男が狼狽える

飲まれずに野武士は酒の味に酔う

文部省唱歌の顔で春が来る

町おこし先ずは祭りをでっち上げ

善良な人と限らぬ手の温み

上役で決まる男の幸福度

黄昏た背ながパチンコ屋に消える

二次会の顔は味方と限らない

部下の数増えて朝礼好きになる

合戦に敗れた貌で並ぶ蟹

戦士にもピエロにもなる作業服

居酒屋で貰う元気は持続せぬ

敵だとは知らずに酒を注ぎまくる

紫陽花の挑発などに乗らぬ蝶

花が咲く度に戸惑う花音痴

放し飼いにすると病気になる夫

淋しくて鬼は組織に寄りかかる

席替えに出会いもあった頃の窓

悪妻と呼ばれるだけにいい女

夫婦ではないと仲居の勘所

岩風呂の岩になりきる露天風呂

二次会へ不協和音がついて来る

敵味方ようやく見えた三次会

印籠のように辞表を持ち歩く

SENRYU

やしの実

表紙の句（12月号火焔集）　大井清文

悪妻と呼ばれるだけにいい女

2

愛川協・日川協加盟

豹柄を下火にさせた妻の脚

ぽつねんとドラマが欲しい常夜灯

フェロモンを散り際に出す花の知恵

左遷地と言われ地方が怒り出す

小心な男と見てる遠花火

竹槍でミサイル突けと言う訓示

妻と書き毒にも見える契約書

一卵性夫婦のような定年後

戦士にも捕虜にも見える作業服

癒しにも脅しにもなる国訛り
明日出来る事は今すぐやらぬ知恵
ミサイルの標的となる平和論

スーパーで視野を広げている俳句

作業着が囚人服に見える朝

研修へ無菌化される新社員

割り勘か奢りか惑う部下の数

雨宿りだけの愛とは気付かない

食べ頃になるとにおいのする果実

葉桜になって男を選べない

品格を男は情事後に見せる

新薬をバネにウィルス進化する

リストラの名簿になぜかない幹部

居酒屋の隅で共有する文化

害虫と呼ばせる花の身勝手さ

カキツバタあやめ菖蒲がややこしい

地ビールの群雄割拠する苦味

慎ましく咲いてしぶとい冬の花

喉よりも舌で味わう冬ビール

都会派の心の奥に棲む田舎

共通の敵が仲間の輪を広げ

父の日は何も望まぬふりの父

廃校にされた鉄筋建てのウツ

戦場に戻る孤独な通勤車

世話好きな人から世話を頼まれる

懐の深さが作る罪の数

七夕に降られ互いに安堵する

ボジョレーが不況和音となる夕餉

侮ると喉に支える雑魚の骨

信長になれず光秀にもなれず

第二章
木偶の椅子
二〇〇五〜二〇一〇

団塊の世代のツケを負う世代

元就の策を訓示で聞く四月

隻眼になって策練る月曜日

元就の策を訓辞で聞く四月

大井　清文（5月号より）
画・牧野　圭一

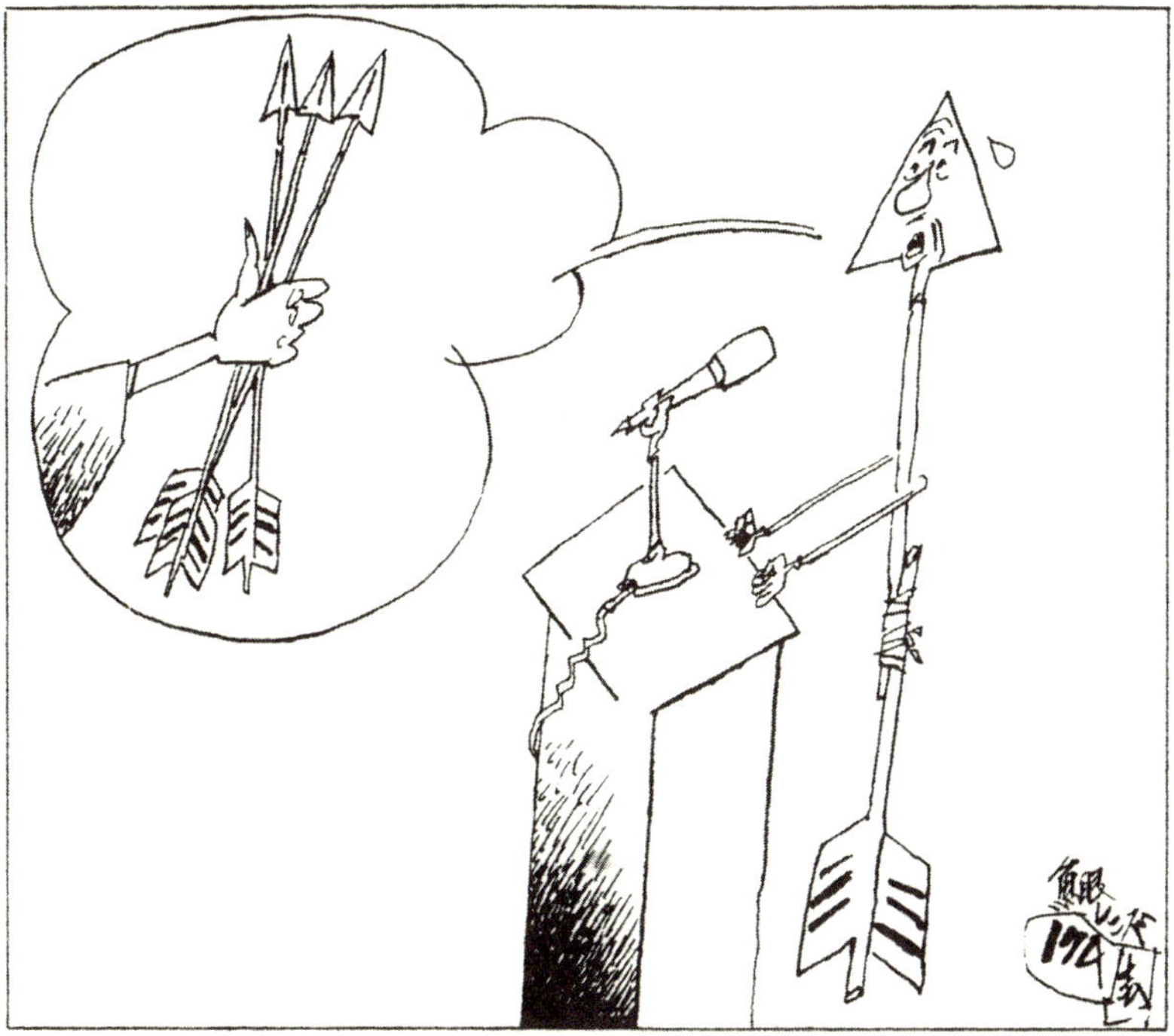

同居とは思いも寄らぬシンデレラ

側近で刺客で果てはブルータス

肝心な物は探せぬモノ時代

改善へ鬼は根性ばかり言う

燃え尽きて山茶花雪に抱かれ散る

長引くと愚痴に聞こえてくる訓示

美しい嘘に温まる美人の湯

邦人か異人か知れぬ作業服

ネクタイの悲劇鉢巻にもされて

実話系週刊誌から貰う知恵

吉良殿になって数える見舞金

贅沢は赤字路線を独り占め

計算をするから逃げる回り寿司

ドリンクの世話にはならぬ酒二合

穏やかな凄みを見せる仏の目

鉄筋が文化遺産に嗤われる

セクハラにならぬ言葉を選ぶ酒

名水に指定されると涌き渋る

戦犯にアメリカ人がいない謎

日の丸の旗を振りたい大相撲

土俵よりリングが似合う大相撲

勝者でも敗者でもない銀メダル

借景に新幹線が走る庭

武勇伝語らぬ先に席立たれ

パスワード忘れ画像に会えぬ夜

進学の邪魔に歴史という科目

岩を背に磨崖仏めく露天風呂

だらだらと咲いて桜に嗤われる

旬だねと言われて焦る冷凍魚

日の丸を虫干しにする五月晴れ

団塊が去って外人ばかり増え
よく笑う原価償却済みの妻
凄まじく怖い美人の怒り顔

成金のブランド趣味を嗤うパリ

足湯なら許せる人と秋の空

品格が鈍感力に嗤われる

カップ麺ポツンと置かれ午前様

風鈴を仕舞う勤労感謝の日

一月も咲いて嫌いになった花

SENRYU

やしの実

句碑除幕式特集号

表紙の句（5月号火焔集）

大井清文

一月も咲いて嫌いになった花

7

愛川協・日川協加盟

ライトアップされた紅葉の不眠症

人は城人は石垣崩れ落ち

百選の水で毎日洗う皿

勝ち組がまさかの坂を転げ落ち
不器用な酒でコンパニオンが立ち
自慢から負担に変わる高級車

歯の治療終える一つの行終える

自分への褒美はやはり酒にする

お守りの更新に行く寺参り

肝臓とじっくり話す一人酒

電球を着せてもらった木の寒さ

思い出がストックされてゴミ屋敷

冬銀河赤提灯の温い文字

雪吊りへ罪人めいた木の吐息

桜とは一緒に咲かぬ花の知恵

人生の初めに花がある不幸

満開を冷凍保存させる雪

権力に略奪された鬼ヶ島

玉砕と戦後生まれは軽く言う

懐の辞表が時は今と言う

犯罪のようにメタボが叩かれる

SENRYU

やしの実

表紙の句（7月号火焔集）　大井清文

権力に略奪された鬼ケ島

9

愛川協・日川協加盟

腹を切る家老数人いる会社

ものづくり先ずは顔から作る朝

批判するときは誰もが道徳家

桜咲く度に男が浮かれ出す

ケータイの中に子がいる妻がいる

牛が聞くバッハと人が聞く演歌

警察も医者もパソコン見てばかり

団塊が後を濁して立つ職場

ゴミ拾うこれも地球に恩返し

神様に動員される宮掃除

花束を抱いてパソコンから消され

団塊が去って借金だけ残り

二回り下で本社の偉い人

勝ち組が転ぶと騒ぐマスメディア

乗り切れば百年は来ぬ大不況

命令を出すパソコンという上司
忍という文字が社訓に加えられ
誰が腹切るか会議は進まない

誰も来ぬ去年の大河ドラマの地

比較的今日は涼しい三十度

マドンナの新盆を知るクラス会

第三章

黄昏酔い人

二〇一一〜二〇一六

脳ミソが満腹になる絵画展

秋深く俳句がわざとらしくなる

日めくりの人生訓を食べて生き

明日なろうビールになろう発泡酒

ベジタリアンらしい観音様の艶

決断に迷う半値の吟醸酒

入社式終えても脛はかじられる

桜にも梅にもなれぬ桃のウツ

部課長が一番浮かれ出す花見

異郷にて富山が臭う正露丸

新緑を足踏みさせている桜

勝ち組は転び負け組負けたまま

トイレから人生訓を貰う朝

ドクダミの後ろめたげに咲かす花

滑稽に見える仕事の悲壮感

鮮明な画像で夢を見た疲れ

深刻な顔で深みのない話

秒針が刺客のように迫る椅子

パソコンを弁当箱のように閉じ
有頂天の花はにおいに気付かない
職安で空気の読めぬ元部長

秒針が刺客のように迫る椅子

大井　清文　〔12月号より〕
画・牧野圭一

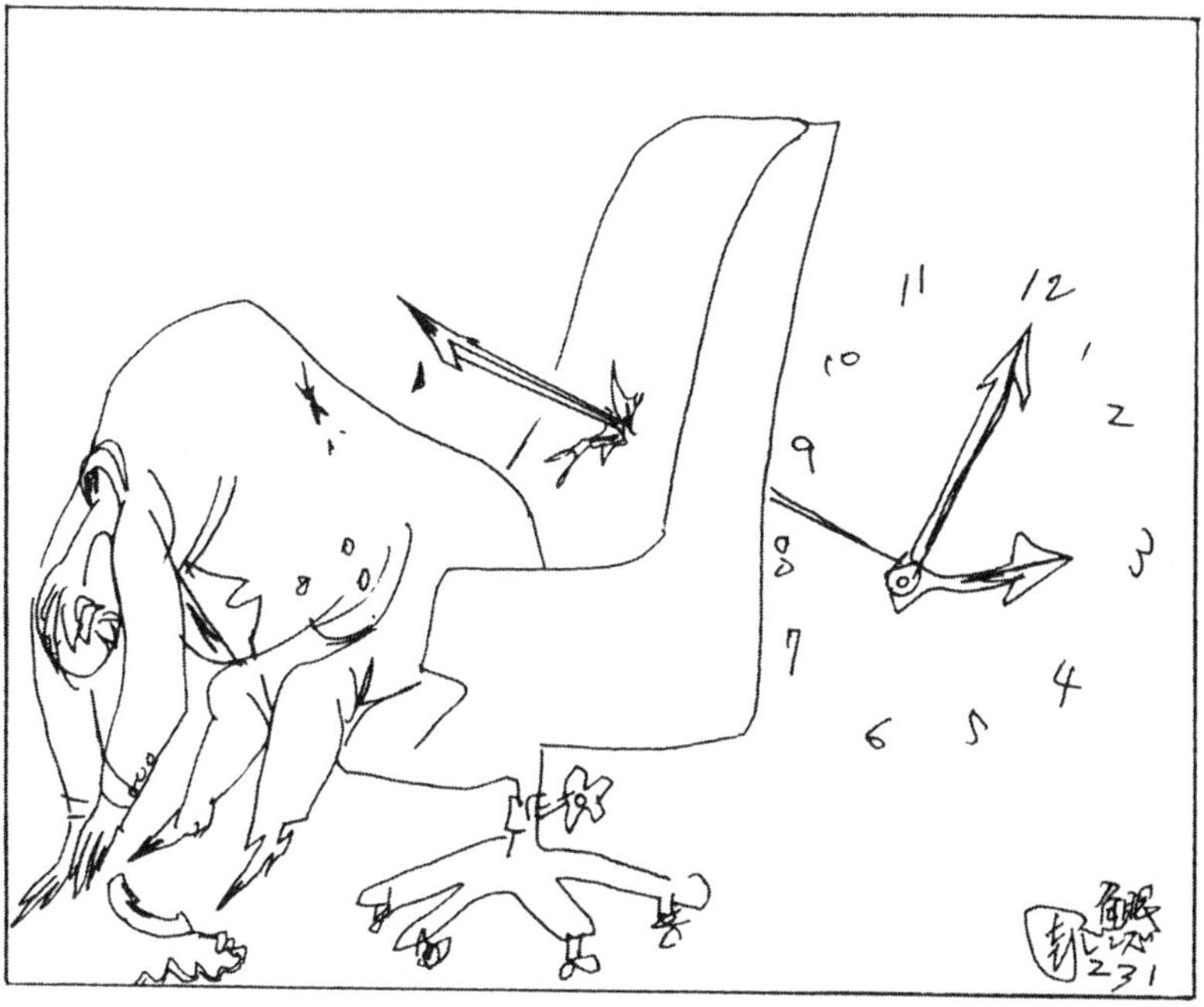

能力と比例はしない敵の数

趣味程度などと言われて怒る趣味

明かり消すホタルも愛を終えた頃

ああそうと辞表が軽く受け取られ

仙人と友達になる猪口の中

嫁になる娘が来た父の空回り

短編のドラマローカル線の旅

目覚ましは昔ニワトリ今カラス

落城へ誇りを捨てぬ天守閣

早稲の香へ案山子に飲ませたい新酒

人員はイエスマンから整理され

知は常に現場にあるという真理

豊臣に付いた誇りと後悔と
時間との勝負仕事も密会も
影法師置いて来たかのような路地

宴会の上座で一人手酌酒

何色か知らぬ不倫の恋の糸

花びらが自粛自粛と肩に散る

水田に映る家の灯酒恋し

民族の遺伝桜に狂喜する

夏が過ぎ夏より暑い季節来る

SENRYU

やしの実

表紙の句（7月号より）　大井清文

花びらが自粛自粛と肩に散る

7

愛川協・日川協加盟

木犀が香ると恋に深み出る

まだ生きていたのか喪中葉書来る

神様が経営してた工場跡

居酒屋の隅で背中に語らせる

体制に乗れぬ男を武士と言う

病院の誰が患者か付き添いか

弔辞読む友が数人いる安堵

お役所が葵の御紋振りかざす

イレズミをはいて街行く若い脚

録画だと安心できる金メダル

スピーチの順が来るまで酔えぬ酒

本日はどうものの後が出ぬマイク

婿殿を連れて娘が来る酒と来る

退役の美人と出会う露天風呂

散り際が桜のようにいかぬ椅子

退役の美人と出会う露天風呂

大井　清文〔7月号より〕
画・牧野圭一

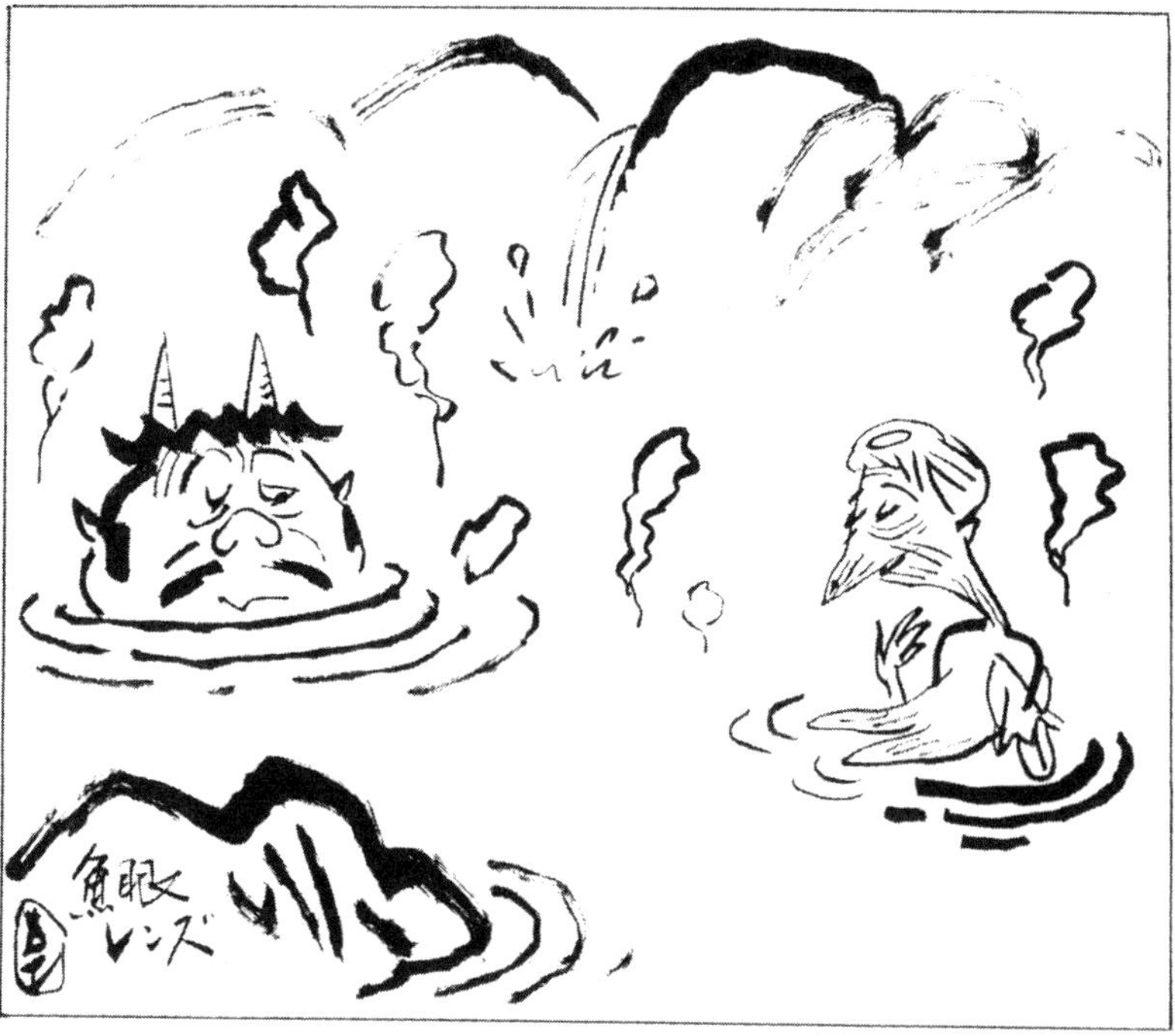

ラーメンの元祖本家にある違い

解約の仕方分からぬ契約書

肝臓が二次会まではいいと言う

水田に仕事を終えた日が沈む

特急が消える在来線のウツ

下士官は有能だった終戦日

簡単に値上げ通告する大手
パソコンを開き現場が見えてない
サロンパスピタリと決まる朝の幸

六十を過ぎた小僧の言う老後

古希過ぎてプラトニックへ走る恋

還暦の恋が芽生えるクラス会

居酒屋に通い文化を身に付ける
六十の戦士六十なりの策
若過ぎるコンパニオンをおもてなし

群れて咲くサラリーマンに似て桜

目が覚めて見慣れた顔がある安堵

こっそりとネットを開く秋の夜

忠魂碑軽い世代の説く歴史

秋深く酒は美学と知る野武士

冬の海荒れて海鮮丼は旬

こっそりとネットを開く秋の夜　　大井　清文　〔10月号より〕

画・牧野圭一

ひらがなで咲いて漢字で散る桜

葉桜になって浮かれた日々を悔い

美しくなりたい妻の泥遊び

墓碑銘のようにシャッター閉じたまま

古書の価値分かってくれぬブックオフ

ミサイルが怖く台風迂回する

死んだ振りするのも蟬の処世術

蟬しぐれ知らぬ語らぬ忠魂碑

品格に欠ける地酒の紙パック

天候のせいにはできぬ責任者

カラスから学ぶ適応できる知恵

酒を飲む背中子に見せ孫に見せ

ワンカップ二本の距離になる都

まだ散れずいつも桜に嗤われる

散り終えた桜の長い更年期

何にでも絡んで藤の花が咲く

秋色へ俳句になれぬ外来種

秘め事を聞いた仏の返す笑み

名も知れぬ寺にもあった御開帳
居酒屋の置き物と化す一人酒
住職の業は神社で祓われる

冬が来る夏が仕舞えぬままに来る

木枯らしへ酒待つ家の灯の温み

散り際の美学を知らぬ冬の花

初めての駅で私を探す酒

語らねば朽ちて消えそう忠魂碑

還暦はとうに過ぎても二本差し

第四章

えんぴつの里

ふるさと小景より

春一番新幹線に乗って来る
黒々と大地は種を待つ匂い
しあわせが降ってきそうな春の空

ぽってりと可笑しくボケの花が咲く

一斉に首を切られたチューリップ

花の名に興味示さぬ万歩計

ひっそりと桜の陰で咲く椿
花持ちが良くて椿に褒められる
田に水が入ると酒が弾み出す

葉桜になって癒しの風を呼ぶ
たっぷりと雪解け水は地に帰る
名も知らぬ花一輪を活ける幸

葱坊主それぞれ違う自己主張

酔い覚めの朝は眩しいハナミズキ

麦秋へスコットランドからの風

麦秋の風はビールに甦る

梅雨入りへ母の小言が多くなる

梅雨明けて多弁になった発泡酒

送電線入道雲へ続く空

向日葵と挨拶交わす夜勤明け

切り売りの西瓜を嘆く井戸の水

田園をベートーベンの貌でゆく

夏草やペンション村が夢の跡

漢字だけ読めても知らぬ百日紅

神様と遊んだ頃の夏休み

予知できぬ地域限定型の雨

絵日記へ家も車も背伸びする

紫陽花の多弁短く炎天下

稲妻に打たれて味出すコシヒカリ

枝豆の旨味分からぬ発砲酒

へとへとになって風鈴鳴り忘れ

稲の香がノスタルジーを連れて来る

秋深くロダンの像の独り言

出た出たと地球が出たと月兎

ミサイルも飛ばぬ平和な秋の空

ステーキも蕎麦も食べたい秋の空

ミレーから抜け出た顔で田を巡る

飽食のカラス柿には目もくれぬ

田園に文化ホールを持て余し

画材にも熊の糧にもなる熟柿

カメラの目意識している柿すだれ

秋深く粋な写楽のおどけ顔

特急が消えて昔を語る駅

広重の雪の温みに欲しい酒

縄のれん武装を解除してくぐる

駅員の帽子を脱ぐと知らぬ顔

水割りに浮かぶ男の夢の船

また一つ消える公衆電話の灯

オリオンを駆ける宇宙の廃棄物
マイセンを飾りレトロな妻と居る
濫蓄を塞ぐワインのコルク栓

茶柱の縁起心が負けている
生かされていると教える般若湯
本線と別れて弾む旅景色

短調の雨だれ一人酒と居る

傷を持つ過去には触れぬリンゴジャム

万華鏡回してばかりいる孤独

蛇行して大河は王の貌になる

国宝の屋根のカラスが偉く見え

世の中の苦労ピン札まだ知らぬ

何となく弾む病院行きのバス

ケータイの居場所を探すラブソング

活断層だとは知らずに積もる雪

鬼よりも時には怖い仏の目

皮下脂肪万歩計との一騎打ち

凱旋のように病院から戻り

カルシウム不足でおわす不動様

しがらみを仲良く煮込む冬の鍋

古里の家を改築する他人

オムライス都会の夢があった頃

先生と歳の差縮むクラス会

北陸は侘しくあって欲しい客

ワクチンが余剰になると引かぬ風邪
衣替えなされた地蔵様の笑み
朝の気を貰う寺から神社から

ストレスを収支決算する酒場

シンプルに生きよと釈迦もキリストも

湯たんぽの温みは遠い日の記憶

居酒屋に並ぶ亡父に似た背中

左遷地の地酒が住んでみよと言う

信楽の狸顔出す雪の中

仏像の微笑魂吸い込まれ

試着室学芸会を見せる妻

カラスにも序列あるのか並ぶ屋根

境内を跳ねるカラスの無神論

読んでばかりいると空気が薄くなる

出し昆布みたいな人といる安堵

問いかけて答えてくれぬ不動様

マドンナの面影遠いクラス会

仏滅の日に胃カメラを飲む不安

一員であるとペットが椅子にいる

私より先に仏は手を合わせ

玉子焼き御馳走だった頃の家

ツイッターに潜む魂買う悪魔

大雪のダイヤ乱れを埋める酒

皮算用すると深層水が涸れ

雪景色気付かなかったものが見え
スマホには分からぬ文庫本の価値
狛犬が覆面をした雪景色

初孫をゆっくり拝む小正月

おもてなしせずにされずに小正月

トイレから眺める庭の冬景色

上空で今日もお泊りらしい雪

罪人のように煙草を吸いに行く

雪だるま帽子忘れて行った庭

平日に行くと不安になる旅行
若者が自分探しの旅へ逃げ
居酒屋が愚痴の隠れ家だった頃

混雑が名所巡りのランク上げ

来客へ母は昭和を取り戻す

身を捻る菩薩の艶に惑わされ

ジンクスが天を味方にせよと言う

古民家の年月刻む掛け時計

春一番吹いてグリムが目を覚ます

立春へ気配り知らぬ寒気団

長調の声に転じた南風

沈丁花動き始めた万歩計

孫と犬ライバル共に昼寝中

東京へ飲みに行こうと言う電車

こらカラスそこのけプリウスが通る

悪運が強くこの世にいるベッド

出所待つように退院日を数え

表札を見上げ帰宅の退院日

あとがき

川柳を始めたのは、今から二〇年以上も前、三〇代半ばの頃、遊び半分で地元紙への投句がきっかけであった。初めて投句した句が入選となり、意外に自分は筋があるのではという、誇大妄想が五七五の世界への誘いとなってしまった。その後何度出句しても、没の繰り返しであり、かなり自尊心を傷つけられて憤慨した私は、川柳を本格的に勉強してみようという気になり、三〇代終わりの頃にＮＨＫ学園川柳講座の受講を決意、持ち前のねちっこさ（普通は粘り強さとも言うが）を発揮して、七年間川柳の基本とリズムをしっかり学んだ。鈴木如仙先生との出会いは、その添削指導をいただいたご縁によるものである。

当時通信講座のテキスト「川柳必携」の著者でもあった先生は、豊橋発信の全国川柳誌「やしの実」を創刊・主催しておられ、私は会員としてお誘いを受け、三年後には同人に推薦され、やしの実流の正調本音川柳をみっちり仕込まれ、修行させてもらった。

一方、地元富山では地味ではあるが、これも味わい深く伝統のある「えんぴつ」という川柳誌があり、同じ町の故舟渡さんからの紹介で購読、出句を始め、「やしの実」より二年遅れて「えんぴつ」の同人にも推薦され、それ以来二足の草鞋で出句を続けている。

「やしの実」は短編ドラマの如く、「えんぴつ」は心象風景の如しと、二つの川柳誌の棲み分けを意識して作句していたが、最近は豊橋も富山も変わらぬ句となっている。

私の作句スタンスは、「川柳はドラマとリズムである」という如仙先生の教えを受けて、平凡な会社員の本音と現実を劇中の「私」に語らせ、これもまたフィクションである「妻」を、様々な女として描く物語風の句が多いかと思う。（因みに原稿を読んだ実際の妻は、予想通り烈火の如く憤慨したが、外食で宥め不承不承納得してもらった経緯がある）従って、読者を想定したドラマ川柳であり、富山に多いご隠居様老人川柳とは一線を画したものである。そもそも私が川柳句集自費出版を思い立ったのは、富山の川柳は暗いという通説を払拭したいという強い意思があったからである。そういう私自身も、老人に近い年齢になってきたが、軽い気持ちで、楽しく読んでいただければ幸いである。特に、私と同世代、黄昏の世代の男性諸氏が読んで、何か哀愁のような共感を覚えていただければ、これ以上嬉しいことはない。

最後に、序文に鈴木如仙先生のお言葉をいただき、また先生の許可を得て、漫画家で、マンガ文化研究で著名な、牧野圭一画伯の挿絵も掲載させていただいた。誠に光栄の到りであり、心からお礼申しあげます。ありがとうございました。

追記

鈴木如仙先生は、今年〈平成二十八年〉一月十日に病気療養中のところ逝去されました。謹んでご冥福をお祈り申し上げます。

如仙先生が亡くなられた喪失感からまだ立ち直れずにいた一月十七日に突然私は脳出血で倒れ、救急車で病院へ搬送された。幸い命に別状はなかったが、三か月間の入院を経て、現在は左半身回復への自宅療養の身にある。生死の堺を彷徨う朦朧とした意識の中で、「来てはだめだよ」と言う如仙先生の声を聞いたような気がした。確かに私は、そこへ行かなかったおかげでこの本を世に出すことができた訳であるが、私を生かそうとする天の運命的な意思のようなものに対し、畏敬と感謝の念を抱かざるを得ない気持ちになってくる。

そういう訳で出版は、予定よりも半年近くも遅れてしまったが、最後に私の不自由な身体を気遣って、初めての自費出版へ協力してくれた二人の息子たち、そして妻には付記して心より感謝の意を表したい。

大井清文

【著者略歴】

大井　清文（おおい　きよふみ）

昭和28年　富山県下新川郡入善町に生まれ育つ
昭和51年　信州大学繊維学部卒
昭和51年　地元魚津市にあるレッグニットメーカー
　　　　　オーアイ工業株式会社へ入社
平成4年　NHK学園川柳講座入門編を受講
平成8年　やしの実川柳社会員
平成10年　第17回やしの実川柳大賞受賞
平成11年　やしの実川柳社同人
平成13年　川柳えんぴつ社会員
平成16年　川柳えんぴつ社同人
平成24年　第43回北日本川柳大会大賞受賞
平成27年　川柳えんぴつ社賞受賞
現在　　　オーアイ工業株式会社常務取締役

大井清文川柳句集 **朴念酔《ぼくねんよ》い桜《さくら》**

2016年8月26日　初版第1刷発行

著　者　大井清文
発行所　ブイツーソリューション
　　　　〒466-0848 名古屋市昭和区長戸町4-40
　　　　電話 052-799-7391　Fax 052-799-7984
発売元　星雲社
　　　　〒112-0012 東京都文京区大塚3-21-10
　　　　電話 03-3947-1021　Fax 03-3947-1617
印刷所　藤原印刷
ISBN 978-4-434-22236-8